AF489156

Un minuto de silencio

Cuando el alma reescribe la historia

María Roxana Muñoz

—Guardemos un minuto de silencio por el alma de nuestro hermano que ha partido —dijo, con voz suave y reflexiva, el sacerdote que presidía la ceremonia donde eran velados los restos de un reconocido y respetado ciudadano de aquella pequeña localidad ubicada al sur del mundo, un lugar donde el tiempo parecía haberse detenido. Su tranquilidad era evidente y un tanto perturbadora—. Era un hombre gentil, buen padre y esposo —prosiguió el sacerdote—. Que Dios lo reciba en su santo reino —concluyó.

El dolor se dejaba sentir. Tras un momento de silencio, el llanto de una joven mujer inundó el lugar. Una delgada y frágil muchacha que no se apartaba del ataúd, y que lo abrazaba como diciendo no me dejes por favor.

Era Cristina, su única hija.

La iglesia colmada de gente dejaba entrever lo amado que fue y lo sorpresivo de su muerte, pues se trataba de un hombre aparentemente sano, lleno de vida, que con su partida dejó almas destrozadas y un espacio que no se podría llenar jamás.

Al terminar la misa, un grupo de amigos y familiares se acercó para levantar y trasladar el ataúd hasta la carroza, y seguidos por la multitud de asistentes tomaron dirección rumbo al cementerio. Al frente la joven muchacha, que a simple vista parecía haber perdido sus fuerzas, era sostenida y contenida por dos mujeres maduras que con cariño la consolaban. Ninguna de ellas era su madre, de la cual se había distanciado hacía un tiempo.

La gran cantidad de gente acompañando la despedida del cuerpo —y el respeto demostrado a su familia— daba clara señal del buen hombre que aquel día se había marchado de este mundo.

Capítulo 1

Era un día gris, frío y lleno de nostalgia, donde la melancolía se veía dibujada en el viento y la lluvia parecía humedecer los recuerdos.

Sentada en un peldaño a la salida de la iglesia, Ximena lloraba sin consuelo la muerte de Néstor, su marido.

Había fallecido repentinamente de un ataque al corazón mientras ella se encontraba en una convención en el extranjero por asuntos de trabajo.

Estuvieron muy unidos. Se conocieron en el colegio, se sentaban juntos en cada clase, eran compañeros inseparables. Ximena, una alumna aventajada, lo ayudaba con sus tareas constantemente, pues a él le costaba un poco más concentrarse.

Aún incrédula sobre lo sucedido, cuestionaba a cada instante.

—¿Por qué te has ido? ¿Qué hice para que me abandonaras? —Lloraba abatida.

Deseaba que el tiempo diera vuelta atrás y advertirle que su corazón no andaba bien.

—Néstor, mi amor, qué daría yo por desandar lo caminado y volver a donde todo comenzó.

De pronto, entre el ensordecedor silencio, escuchó una voz que le dijo:

—¿Y por qué no lo haces? —Su corazón se estremeció y sintió cómo desaparecía su último latido. Era la voz de Néstor, que la invitaba a cumplir lo dicho.

—Néstor, ¿eres tú? ¿Dónde estás? No logro verte. —Sintió cómo el viento la envolvía y congelaba su espalda por completo—. Estoy enloqueciendo —dijo.

—Ve, Ximena, no temas, te espero allí —insistió aquella cálida voz.

Recordó el lugar donde se besaron por primera vez, aquel roble fuerte e imponente que cobijó y dio sombra a tantos abrazos, ese donde sus tardes parecían volar cuando se encontraban juntos. Un refugio de momentos inolvidables.

Sin dudarlo, y con el corazón lleno de esperanza, regresó a donde todo comenzó.

Diciembre de 1984

El ambiente navideño ya se apoderaba de la ciudad. En la radio sonaba incansablemente La voz de los '80, canción de un nuevo grupo: Los Prisioneros. Con su estribillo pegajoso —ya viene la fuerza, la voz de los ochenta—, marcarían mi vida y la de todo un país para siempre.

Estaba terminando el colegio y mi vida entraría en una nueva etapa: la Universidad. Me estaba preparando desde principios de año para rendir la PAA (Prueba de Aptitud Académica), la macabra selección para entrar a la Universidad. Recuerdo qué nerviosa estaba.

Ximena miró a su alrededor y reconoció aquel lugar.

—Qué hermoso árbol, qué bello. Pronto tendrás tatuado unos corazones, te lo prometo. —Sonrió con complicidad mientras se abrazaba al tronco.

Se sentó bajo aquella sombra sin creer aún lo que estaba sucediendo.

—Aquí me encuentro, en mi último día de clases, nunca más usaré este uniforme. ¡Y pensar que tantas veces lo extrañé! Había olvidado lo delgada que era, mis piernas largas se muestran por completo. Ahora entiendo la molestia de mi madre, solo cubre lo necesario.

—Y es aquí donde todo empezó, ¡qué locura! —De pronto escuchó la voz de Néstor:

—¡Ximena! —le gritó desde lejos en un tono enérgico y con voz adolescente.

«Recuerdo este día —pensó mientras le temblaban las piernas—, no fui nada agradable con él, me declaró su amor y yo lo rechacé. Aún tengo en mi mente grabado su rostro lleno de vergüenza y frustración. Pero nunca se dio por vencido y, al fin, me conquistó. Lo admiro mucho por eso».

—¡Hola! —gritó Ximena mientras saludaba con su mano—. ¡Estás aquí, estás bien! —No pudo evitar decirlo. Se sentía emocionada y más enamorada que nunca.

Corrió a su encuentro y lo abrazó con tal fuerza que Néstor arrancó un quejido.

—Perdona, es que te amo tanto. —Lo besó con tal intensidad que sus almas se fundieron por un momento, acompañados de una suave brisa que despeinó sus cabellos.

Néstor estaba sin palabras, inmóvil.

—¿Qué te sucede? —preguntó Ximena al verlo impávido—. Te encuentras bien, ¿verdad?

—Sí, estoy estupendamente —dijo Néstor una vez recobrada el habla—. Es que… no pensé que me recibirías así. Hoy confesaría lo que siento por ti, tengo todo escrito —le dijo mientras sacaba un papel doblado de su bolsillo, con claras señales de haber sido arrancado de un cuaderno—. No pude dormir, lo repetí tantas veces que acabé por aprenderme todo de memoria. Si estudiara de esta forma para mis exámenes tendría tan buenas calificaciones como las tuyas. Ja, ja, ja. —Rio fuerte—. Y tú resumiste todo en un beso; eres estupenda, por eso es que te amo.

Acercaron sus rostros el uno frente al otro y se quedaron contemplándose durante un largo rato sin decir una sola palabra. El silencio se encargó de todo.

—Te siento distinta —dijo Néstor.

—¿Cómo? —respondió Ximena un tanto nerviosa.

—Estás radiante, tu rostro parece brillar y tu sonrisa está más linda que nunca —continuó. Ximena lo miró enternecida.

—Es lo más hermoso que alguien jamás me había dicho. Eres el hombre de mi vida, Néstor, nunca dudes esto que te digo —le dijo con lágrimas aflorando de sus grandes y expresivos ojos—. Nunca lo dudes —le repitió.

Néstor, asombrado por la ternura de esa mujer, no comprendía la opinión de sus amigos. «¿Cómo puedes estar enamorado de esa arrogante?», le decían una y otra vez, tratando de evitar que se involucrara sentimentalmente con ella.

Pero la sencillez de aquella adolescente, considerada la mejor alumna de su promoción, lo hacía sentir especial, amado, aceptado, a pesar de no ser brillante en los estudios y de no destacar prácticamente en nada.

Tomados de la mano caminaron por el parque riendo y comentando los momentos vividos aquel día, perdiéndose en las horas de la tarde. Dibujada la sonrisa en sus rostros, con la alegría de estar en compañía el uno del otro, dieron comienzo a lo que sería toda una vida juntos.

La Universidad es más divertida de lo que pensaba. Ahí no existía control como en el colegio, pero la exigencia académica era mayúscula. Y aquí están mis dos grandes amigas, Inés y Laura, tratando de aconsejarme sobre qué estudiar.

«¿Biología Molecular? ¿Cómo puedes estudiar eso?», me decía todo el mundo

«Estudiar el comportamiento biológico de las moléculas me parece entretenido», les dije a mis amigas cuando me preguntaron qué estudiaría. Todavía recuerdo sus caras de interrogación, pues una de ellas estudiaba Enfermería y la otra Diseño de Vestuario, carreras consideradas femeninas por la cultura imperante.

A Néstor siempre le gustó la comida y nunca fue muy amigo de los libros, así que decidió estudiar Gastronomía.

«Seré un chef reconocido y tendré mi propio restaurante», decía orgulloso de sí mismo.

Siempre admiré la sencillez y esperanza con la que miraba la vida, algo que nunca logré aprender de él.

Volver a aquel lugar estremeció mi alma. Tantos recuerdos empañados por el culto al éxito que durante el último tiempo se apoderó de mí, y que me borró por completo estos momentos que ahora revivo con tanta nostalgia.

Magníficos años de Universidad, conocer gente nueva con el mismo amor por la Biología que yo, un mundo lleno de juventud, rebeldía y pasión por los ideales, y, claro, muchas noches en vela durante el período de exámenes.

Ximena se dio cuenta de lo afortunada que era, la oportunidad que tenía de vivir nuevamente su pasado y evitar así la tragedia de su marido.

—¡Aquí estás! —gritó Néstor al divisar a Ximena sentada en el césped en el interior de la facultad.

—Hola, amor —respondió ella con ternura en la mirada.

—No fue fácil encontrarte entre tanto cerebro —dijo Néstor riendo al mismo tiempo que la abrazaba—. Te extrañé —le susurró al oído—. Ahora me siento completo. ¿Qué haces aquí tan sola? Siempre te encuentro rodeada de tus compañeros, pero ahora estás… —Guardó silencio un momento y luego concluyó—: Tan meditativa. ¿Te encuentras bien? ¿Ocurre algo que quieras decirme?

—No pasa nada malo —contestó Ximena—. Solo necesitaba un tiempo conmigo.

—Bueno, eso suena muy bien —contestó él.

Ella le sonrió y tomó su mano, la besó y la acarició un largo rato. Néstor solo se limitó a estar.

Siempre fui muy sociable, recordé. Nunca me di un tiempo para nada más que ser, y qué necesario es. Qué bien se siente al respirar y contemplar lo que sucede a tu alrededor, sin juzgar, sin detenerse y analizar. Lo que habitualmente sucede es que nunca sé dónde está mi mente, ella es quien ha direccionado mi vida hasta hoy.

Mucha razón y poco corazón me han llevado a perder la empatía, me han desconectado de lo que sucede a mi alrededor, me han convertido en un ser egoísta.

Este regreso al pasado me ha dado la oportunidad de revisar mi historia, ¡y vaya si hay cosas inconclusas!

A veces la vida nos pone a prueba para que aprendamos de nuestros errores y logremos superarnos, pero no entendemos por qué nos sucede a nosotros. «¿Qué hemos hecho para merecer esto?», nos preguntamos, sin darnos cuenta de que es la única manera de cambiar el rumbo, de intentarlo una vez más, de elegir un nuevo destino.

Al terminar mi reflexión, miré a Néstor y no pude evitar notar su tristeza.

—¿Te encuentras bien? —le pregunté. Lo conocía demasiado como para no percibir que algo le preocupaba.

—Mi madre está enferma, le diagnosticaron un cáncer de mama —me dijo con sus ojos llenos de pena.

Recuerdo ese triste episodio, estaban tan unidos. Su familia era muy especial, gente cariñosa y sencilla. Su padre, don Efraín, trabajaba como panadero, debía madrugar a diario y se esforzaba mucho para que a su familia nada le faltara. La señora Alicia, su madre, trabajaba como dependienta en la misma panadería que su marido. Fue muy difícil para todos. Ella falleció dos años después, no pudo ganarle la batalla al cáncer.

—Mi hermana está destrozada —continuó Néstor—, no deja de llorar. No sé cómo puedo ayudarla. —Se secó los ojos con sus manos, mientras continuaba relatando la historia—. Papá está callado, deja comida en el plato, ha perdido su apetito y no quiere hablar del tema.

—¿Y tú? —le pregunté mientras acariciaba su rostro—. ¿Cómo estás?

—Trato de estar tranquilo para no alarmar más a Nancy —respondió—. Ya sabes cómo es ella, mi hermanita es muy sensible.

—¿Qué dice tu madre de todo esto?

—Bueno, ella mantiene la calma, como siempre. Es el pilar de todos nosotros, nunca pierde el control, tiene una respuesta para todo.

»Nos han hecho entender que la muerte es un proceso natural, que no debemos temerla, que las personas viven eternamente en el corazón de quienes las han amado. Pero no estoy preparado para que sea tan pronto —concluyó Néstor.

Lo abracé muy fuerte, para que sintiera y supiera que yo estaba ahí con él, en su dolor.

—Sé lo que esto significa para ti —le dije mientras lo abrazaba—. Yo tuve a mi padre enfermo mucho tiempo. Mi relación con él no fue tan cercana como lo es la tuya con tu madre, pero verlo sufrir me partió el corazón. Ese hombre tan fuerte e imponente estaba postrado en una cama totalmente dependiente del resto.

»Lo importante es que permanezcas el mayor tiempo en su compañía, para que no se sienta sola en su dolor. Ella es una mujer muy fuerte, la admiro por eso, y le dará batalla a esa enfermedad, te lo aseguro —le dije mientras le guiñaba un ojo.

—¿Vamos? —interrumpió Néstor mientras miraba el reloj—. Es hora de llevarte a tu casa, recuerda cómo es tu madre. —Sonrió entre lágrimas—. Me culpará de todo si llegas tarde.

Mi madre, recordé, nunca quiso a mi marido, encontraba que no estaba a mi altura. No sé a qué se refería, yo solo era la hija de un militar en retiro y de una dueña de casa. Pero ella quería que me casara con un médico, era su sueño. «Solo quiero lo mejor para ti», me decía cada vez que discutíamos, que era bastante a menudo, por cierto.

Cuántas veces Néstor tuvo que soportar sus reproches. «Usted no es para mi hija», le decía con desprecio. Pero él nunca le contestó, siempre fue muy educado y correcto.

«¡Pero tú no eres quien decide, mamá!», le contestaba furiosa.

La relación con mi madre fue compleja y muy desgastante. A pesar de ser su única hija, nunca hubo una unión entre nosotras. Llegó el día en que no tuve más remedio que dejarla envejecer en un asilo para ancianos. Algo que me pesó durante toda mi vida, de lo que siempre me arrepentí y que me ha seguido como un fantasma desde entonces. Una decisión que aún no comprendo y que ha llenado de dolor mi corazón.

Capítulo 2

Nunca me perdoné el hecho de que mi madre envejeciera y muriera en un asilo, lejos de su familia, después de haberlo entregado todo.

No tuvimos una relación cercana, es decir, nunca la consideré mi amiga, sino más bien mi enemiga en ciertas ocasiones. No quería a Néstor y se molestó mucho cuando decidí casarme con él, pero todo eso cambió con la llegada de Cristina, mi hija. Mi madre pareció renacer, sus ojos brillaban cada vez que la veía, no me imaginé jamás que fuera capaz de entregar tanto amor por otro ser.

Lamentablemente, mi padre no pudo conocerla. Él murió cuando yo tenía quince años. Un militar retirado, serio y muy disciplinado que no permitía desacuerdos. Desde entonces mi madre tuvo que asumir mi crianza sola. Qué fuerte fue, jamás escuché que se quejara por ello; todo lo contrario, se levantaba muy temprano a prepararme el desayuno para ir al colegio. Ahora entiendo que todo lo que soy se lo debo a ella, y qué tarde me he dado cuenta.

Aquel día nos preparábamos para ir a visitarla, como todos los domingos, cuando en ese momento sonó el teléfono. Llamaban desde la casa de reposo donde ella se hospedaba para contarme la triste noticia.

Mi madre no despertó, falleció mientras dormía, quieta, en silencio, sin avisar ni despedirse. El arrepentimiento me persigue desde entonces como una sombra, tengo tanto que decirle.

—Listo, señorita, aquí está, en su casa, sana y salva —me dijo Néstor despidiéndose con un beso y un fuerte abrazo.

Así eran todos los días, me cuidaba. Me sentía muy segura a su lado, algo que mi madre nunca comprendió.

Todos los domingos invitaba a tomar el té a su amiga, la señora Silvia, también viuda de un militar, quien era mi madrina. Juntas planificaban el futuro para mí y Nelson, el hijo de ella, un estudiante de Medicina a quien mi madre adoraba; incluso llegué a sentir que lo quería más que a mí, pues le prestaba más atención y siempre llamaba a su casa para saber cómo estaba.

—Ese es el hombre que yo quiero para ti —me decía cada vez que podía—. Es un caballero. Ya imagino corriendo por ahí a mis nietecitos. —Suspiraba juntando sus manos y llevándolas a su pecho.

—Qué lamentable que la decisión no sea suya, mamá —le contestaba con sarcasmo en el corazón—. Yo soy libre, aunque a usted le moleste. —Siempre finalizaba nuestras conversaciones con esa oración: «aunque a usted le moleste».

Siempre recibía reproches, nada lo hacía bien a su entender, nunca era suficiente. Fue muy estricta y a veces sentía estar en la milicia, pues su trato era más bien el de un soldado que el de una madre.

No recuerdo haber sostenido una conversación con ella, una conversación de mujeres. Pero ahora comprendo que, en realidad, fui yo quien nunca le dio la oportunidad.

No la entendí hasta que me tocó ser madre. Noches en vela cuidando de mi hija, sin importar el hambre o el cansancio, sin importar nada, ella era lo primero, era todo. Tuve todo el apoyo de Néstor, quien se turnaba conmigo para hacer las labores de la casa y cuidar a nuestra pequeña hija.

Pero ella, mi madre, no tuvo ese apoyo. Mi padre, un machista como eran en su época, no se inmiscuía en los trabajos llamados «para mujeres». Siempre estuvo sola en esto. Cuánto la admiro. En realidad, me entregó lo mejor, dio lo máximo; y yo no me di cuenta, no la escuché, solo vi mi interés. No es que no pudiera cuidarla, no quise hacerlo. Ella cargó con la responsabilidad de cuidarme y lo hizo de forma desinteresada, solo por amor, y yo no fui capaz de devolverle la mano.

Rompí en llanto, no podía más con toda esa amargura que ahogaba mi corazón; esa noche desprendí lágrimas acumuladas por años de remordimiento.

En ese instante, mi madre entró en la habitación y se sentó a mi lado.

—No te preocupes, mi amor, aquí está mamá —me dijo con ternura—. Yo siempre estaré aquí para lo que me necesites. No llores, ya pasará, juntas lo enfrentaremos como siempre lo hemos hecho —me susurró al oído—. Duerme un poco y verás que mañana todo estará mejor. —Besó mi frente y, después de contemplarme un rato, apagó la luz.

Aquella noche dormí plácidamente, mi alma se encontraba despejada de amargura y el corazón, finalmente, pudo descansar.

—¿Cómo te sientes? —me dijo una cálida voz.

Mi madre me despertó con un beso y un desayuno exquisito. Hermoso día, sábado, la primavera se hacía sentir en el jardín, los colores inundaban todo el lugar y los pájaros cantaban más lindo que nunca. No recordaba lo bello que era, el cuidado constante de mi madre lo hacía lucir majestuoso.

—Hija —interrumpió mi madre—. No pretendo que me cuentes qué ocurrió anoche, las penas son privadas, pero quiero que sepas que siempre estaré ahí para cuando necesites conversar, no es bueno guardar tanto. Ese muchacho se ve sincero, se nota que te quiere —vaciló un momento y, con voz agitada, prosiguió—: No importa lo que yo piense, sino lo que tú sientes por él. Puedes invitarlo a tomar el té mañana, me gustaría compartir más con Néstor.

Eso me hizo temblar. Mi madre dejó de lado su orgullo, me escuchó, se puso en mi lugar. ¡No lo puedo creer! O tal vez siempre fue así y yo no lo noté, esa rebeldía con la que me vestía a diario me impidió verla tal como era, una hermosa y preocupada mujer.

No logra imaginar cuál era el motivo de mi llanto, la pena que guardaba y me hacía trizas el corazón: la culpa por haberla abandonado a su suerte; el haberla despojado de sus últimos días con sus seres amados; darle la oportunidad a la muerte de encontrarla desvalida y facilitarle el trabajo de llevarla lejos de mí.

—Mamá, quiero que sepas que te amo —le dije con lágrimas que no pude contener.

Creo que nunca se lo había mencionado. Ahora sé lo importante que es demostrar lo que sientes, de hacer sentir a otros lo valiosos que son en tu vida.

—Mi amor, lo sé —me respondió conmovida—. Sé que discutimos mucho, pero eso es parte de la vida, las relaciones entre padres e hijos no son nada fáciles para nadie. Se cometen muchos errores que son parte del aprendizaje de ambas partes. A mí nadie me enseñó a ser madre, lo he aprendido contigo y me imagino que para ti debe ser igual de difícil. No te preocupes —continuó—. Aunque discutamos, por la razón que sea, yo soy la persona que más te ama en el mundo y no sería capaz de enojarme contigo. —Me acurrucó largamente entre sus brazos como cuando era una niña, meciéndome y tarareando la canción con la que me hizo dormir tantas veces.

Qué hermoso es estar otra vez aquí, a su lado, atreviéndome a decirle lo que nunca pude, o no me atreví. Esta oportunidad de escuchar su voz y sentir su calor es realmente impagable.

No tenía la noción de qué significa vivir el presente. A veces damos todo por sentado, pensamos que todo dura para siempre y, cuando nos damos cuenta de que no es así, ya es demasiado tarde, el tiempo se ha ido y las personas con él. Y aun así, la vida nos brinda una nueva oportunidad al despertar cada día.

—Buenas tardes, joven. Lo estábamos esperando —dijo la madre de Ximena a Néstor mientras lo invitaba a pasar al comedor donde estaba servida la mesa.

Había sido invitado a tomar el té en familia, estaba realmente sorprendido y muy nervioso.

—Pensé que era una broma tuya —le dijo a Ximena al oído mientras su madre se ausentaba un momento para ir a la cocina—. Pude haber preparado un pastel para obsequiarla.

—Hasta yo estoy sorprendida —le contestó ella en voz baja.

Guardaron silencio cuando se acercó Sofía, la madre de Ximena.

—Y cuénteme, joven, ¿cómo le ha ido en los estudios?

—Muy bien —habló Néstor con tono tembloroso.

—Supe que estudia Gastronomía.

—Sí, señora —contestó esta vez con mayor seguridad.

—Bueno, déjeme decirle que es un honor tener a un chef en la familia.

—Muchas gracias, señora —respondió atónito.

Esa mujer que tantas veces lo rechazó, que demostró su desprecio por él a simple vista, hoy lo invitaba a comer a su mesa y hacía que se sintiera como de la familia.

Tomó la mano de su amada y le sonrió con ojos llenos de emoción.

—La próxima vez le traeré un pastel, señora Sofía.

—Encantada —le respondió ella.

Ya no dispongo del mismo tiempo que cuando estaba en el colegio, la Universidad me consume. Néstor y yo nos hemos adaptado a esta nueva vida, a no vernos a diario, a solo pensarnos. A veces pasan varios días en que ambos estamos muy atareados, sobre todo él. Después de la enfermedad de su madre ha tenido que asumir diversas tareas domésticas para ayudarla y de esa forma ella pueda descansar el mayor tiempo posible.

Está cansado, lo noto en su mirada. La tristeza le impide dormir, es por eso que no lo presiono. Nos amamos, con eso basta, no hay necesidad de estar todo el día juntos. Él necesita de mi apoyo, un abrazo sincero y un hombro donde apoyar sus lágrimas. Esa es mi preocupación ahora, brindarle consuelo en su dolor.

Mi madre está conmovida con su situación.

—Me duele el alma al saber por lo que está pasando esa familia. Nosotras también vivimos esa situación, ¿lo recuerdas? —me pregunta con sus ojos llorosos.

—Sí, mamá, lo recuerdo, pero papá está en un lugar mejor ahora, usted lo sabe. —La abracé un momento mientras se reponía.

—Lo sé, hija —contestó—. Pero no puedo dejar de pensar en el dolor de Néstor y de los suyos. Ver cómo un ser querido va perdiendo sus fuerzas, después de haber sido el pilar de un hogar, es muy triste. —Lloró en mis brazos por un momento, y la arrullé un instante para contener su dolor.

No recuerdo haberla sentido tan cercana como ahora, pensé, ni siquiera el día del funeral de mi padre. Tanta distancia entre nosotras estando tan cerca, compartir el mismo techo y, al mismo tiempo, sentirla una extraña. Me he brindado la oportunidad de conocerla, de permitirle ser mi madre. Ahora no tengo dudas de que la amo.

—¿Cómo está mi chef favorito? —dijo mi madre cuando llegamos Néstor y yo a la hora del almuerzo.

—¿Cómo está, señora Sofía? —respondió conmovido mientras la abrazaba.

—¿Cómo está tu madre? —No pudo contener la pregunta.

—Bueno, ella está mejor, recuperándose de la operación. Mi padre, mi hermana y yo hacemos turnos para cubrir las tareas de la casa. Nos hemos organizado muy bien hasta ahora.

—Me alegra escuchar eso —respondió mi madre—, esa es la actitud. Recuerda que nosotras también somos tu familia, esta es tu casa.

—Muchas gracias —dijo Néstor emocionado.

—Ahora pasaremos al comedor para almorzar. Te quedarás para la hora del té, ¿cierto? No te puedes ir sin antes enseñarme la receta de esos pasteles exquisitos que me envías con Ximena —insistió.

—Claro que sí, con mucho gusto la enseño —respondió Néstor con una gran sonrisa.

A veces nos preguntamos por qué las personas reaccionan de tal manera ante nosotros, sin saber que somos nosotros mismos quienes las hacemos comportarse de ese modo. Con respecto a mi madre, ahora sé que el cambio debía venir de mí, era yo quien debía dar el primer paso. No debí culparme, era una niña, no lo entendía, y me refugiaba en mi rebeldía pensando que era mi real compañera.

El cambio siempre es nuestro, todo nace desde el interior, lo externo es solo un reflejo de quienes somos por dentro.

No hay duda de que si queremos que el mundo cambie, debemos hacerlo nosotros primero.

Capítulo 3

Mi último año de Universidad fue complejo. Néstor estaba destrozado con el fallecimiento de su madre, sus días ya no eran lo mismo sin ella, la conexión entre ambos era muy fuerte.

—Una parte de mí murió, Ximena —me decía llorando en su funeral.

No había dudas de que el día percibía su pérdida: estaba nublado por completo y el aire frío del ambiente demostraba la tristeza que todos sentíamos.

Su padre, callado, parecía estar presente solo en cuerpo, su alma estaba en algún lugar, lejos de ahí, divagando momentos vividos junto a su mujer.

Su hermana, una delgada adolescente, estaba aferrada fuertemente a su brazo, como diciendo «por favor, no me sueltes, eres lo único que tengo».

No fue fácil superar su partida. Su casa se volvió fría y silenciosa; el jardín, donde pasaron tantas tardes juntos, había muerto con ella; las flores crujían al tocarlas, aquellas que un día fueron el aroma y el color de unos ocasos en familia, decidieron marcharse con quien les había dado la vida.

Pero los ojos de Néstor volvieron a brillar cuando le conté sobre mi embarazo. Mi madre lloraba de felicidad, estaba entusiasmada con la noticia. Néstor y yo nos casamos ese mismo año y nos quedamos a vivir con mi madre, pues esta vez fue muy diferente, estaba feliz con nuestro matrimonio y su apoyo fue esencial para nosotros.

Néstor pasaba el día con su padre y su hermana, brindándoles compañía y ayudando en la casa tras la ausencia de su madre. Nancy se encargó de darle vida otra vez al jardín en honor a ella, los pájaros volvieron a cantar y los colores inundaron de alegría y perfume ese rincón familiar. Las sonrisas volvieron a sus rostros, recordaron sus palabras y comprendieron lo ciertas que eran: «Vivimos para siempre en el corazón de quienes nos aman».

Fue una etapa difícil para él. A pesar de disimularlo, muchas veces lo noté ausente. No supe lo que sentía en realidad hasta que mi madre nos dejó, cuando un vacío invadió mi vida y un profundo dolor se instaló en mi corazón por un largo tiempo. La relación que reconstruimos ella y yo nos unió tanto que su partida dejó un hondo pesar en mí.

Ha nacido Cristina, «la unión de dos almas en una sola criatura, un poema escrito entre dos», como decía Néstor. Un acontecimiento que no tiene palabras suficientes para describirlo, un pequeño ser humano que viene a aportar lo suyo a este mundo que, a veces, encontramos tan injusto.

—Tiene mis ojos —alardeaba Néstor.

—No, señor, se parece a su abuela —exclamaba mi madre.

La verdad es que el parecido a la madre de Néstor era increíble, y a medida que fue creciendo fue totalmente evidente, tanto es así que su abuelo la llamaba «la pequeña Alicia», el nombre de su amada esposa. Su querida abuela se había encargado de que no la olvidáramos.

—Eres el angelito que mantendrá viva su memoria —le decía el padre de Néstor mientras la mecía en sus brazos.

Soy madre, y debo confesar que es maravilloso. Aunque no hay que dejar de mencionar el aumento de peso y las noches al ritmo del llanto de un bebé, es hermoso, no se puede negar.

Aún recuerdo el rostro de Néstor cuando vio a su hija salir del vientre, esa mirada desbordaba felicidad, me parece estar escuchando los latidos de su corazón, parecía que galopaban. Fue el primero en sostenerla en sus brazos. Ese primer encuentro entre ambos forjó un lazo indestructible, nació una relación tan estrecha y verdadera que terminó por transformarlos en grandes amigos.

Mi madre solo exclamó:

—¡Si tu padre estuviera aquí para verla!

—Mamá, no se angustie, ya hemos conversado sobre eso. No se preocupe por mi papá, él se encuentra en un buen lugar, se lo aseguro.

—Lo sé, hija. Él era un buen hombre, te quiso mucho, a su manera claro, nunca fue muy cercano, porque con él tampoco lo fueron. Eso era lo que tenía para entregar y nadie puede dar más de lo que posee.

«Qué verdad hay en lo que dice», pensé en silencio.

Yo me comporté de la misma forma con mi hija. Todo lo que reproché de mi madre lo apliqué a mi vida en familia, lo adopté como parte de mi vida, sin darme cuenta hice lo mismo: no me gustaban sus novios, la controlaba permanentemente y nunca sus logros fueron suficientes para mí.

Era miedo, ahora lo sé, miedo a perderla, a que se alejara de mí, a que creciera y fuera capaz de cuidarse por sí sola. Qué egoísta fui. ¿En quién me transformé? Creo que en todo lo que un día temí, en todo aquello que critiqué con tanta rabia y que, finalmente, terminó volviéndose contra mí.

Durante la Universidad me convertí en la asistente de un profesor muy importante en el ámbito de la Biología Molecular, experto en su área, reconocido a nivel mundial y admirado por sus colegas.

Fue mi mentor y de él aprendí muchísimo. Sus recomendaciones me llevaron a lo más alto, viajé por todo el mundo dando conferencias sobre la materia, llegué a ser reconocida por los biólogos más emblemáticos.

Pero el coste de aquello fue muy grande, tanto que no estoy dispuesta a transarlo otra vez. ¿Qué es más hermoso que tu humanidad? ¿Tanto éxito para qué? ¿Para descuidar a quienes amamos, a nosotros mismos? ¿Para convertirnos en alguien que no somos? ¿Cuál es el sentido de todo eso?

Hoy me siento preparada para enfrentar y responder a cada una de estas interrogantes.

Cristina fue rebelde desde pequeña, en eso sí se parecía a su madre. Nuestra relación se deterioró por completo cuando terminó su adolescencia y comenzó a exigir independencia, un período que para Néstor se volvió difícil.

Había conocido a un muchacho francés que la convenció de huir con él a París. Esa decisión entristeció mucho a su padre, quien me culpó de ser demasiado dura con ella, de no comprenderla, de querer manipular su vida.

—Terminaste por asfixiarla, Ximena —me gritó en una ocasión—. ¿Qué pasa contigo? ¿Dónde está la mujer que conocí? ¿En quién mierda te has convertido? —me reprochaba una y otra vez, entre gritos y lágrimas tras la partida de su única hija.

Quedé paralizada, Néstor nunca me había hablado de esa forma hasta aquel día. Su voz tosca y su actitud de desprecio me hicieron replantarme la vida en un par de segundos.

Su pequeña hija, su princesa, se había marchado lejos, jurando no volver jamás mientras yo viviera en este mundo.

No me habló más de lo necesario durante un tiempo. Recuerdo la tristeza que me embargó, los días se volvieron largos y ausentes desde entonces. Pero mi tonto orgullo me convenció de estar haciendo lo correcto, no hubo una palabra de arrepentimiento en mí.

Néstor tenía razón, la mujer que él había conocido ya no estaba, mi esencia yacía en alguna parte del camino.

¿Qué debo hacer ahora que estoy otra vez aquí? Pues bien, me enfrentaré a ese sentimiento egoísta que me invadió y que dañó la vida del hombre que más he amado en mi vida. No puedo desperdiciar esta oportunidad. Es el momento de retomar la senda y rescatar mi esencia antes de que sea tarde.

Como siempre, Cristina llegó de la Universidad y subió a su cuarto sin saludarme. Pero esta vez estaba decidida que sería diferente.

Golpeé su puerta y le pedí unos minutos para hablar:

—¿Cómo estás, hija? —le pregunté sin recibir respuesta.

—¿Qué quieres, mamá? —me dijo al fin, en un tono agresivo, después de tanta insistencia.

—Estar contigo —le contesté.

—¿Y desde cuándo quieres estar conmigo? —me respondió con una risa sarcástica.

—Desde antes de que nacieras, hija —le respondí con la voz entrecortada.

Abrió la puerta y me miró con una expresión en el rostro sobrepasada por el espanto, no podía creer lo que estaba escuchando. Su madre, quien acostumbraba a dejarla hablando sola cuando algo no le parecía bien, ahora le pedía unos minutos para conversar.

—Parece que el mundo hoy amaneció al revés, mamá —respondió finalmente con frialdad.

—Tal vez así sea —le contesté—. Es por eso que quiero aprovechar la ocasión para disculparme contigo. Sé que he sido injusta y egoísta, que he pensado más en mí que en ti, pero creo que aún es tiempo de que arreglemos las cosas. No hay nada que el amor no pueda resolver, y yo te amo con toda el alma, hija. Eres una persona muy importante para mí y también para tu padre, estoy segura de que lo sabes.

»Entiendo que no confíes en lo que te digo pero, si no quieres hacerlo por mí, te pido por favor que lo hagas por Néstor. Él sufre cuando nos ve discutir y yo no quiero eso para él, lo amo demasiado, sería incapaz de hacerle daño. ¿Qué dices? —me atreví a preguntar, mientras esperaba una respuesta contemplando el jardín por la ventana. Era por la tarde, estaba nublado, y advertí que los árboles parecían tristes, no había una brisa que los meciera y los hiciera sentir vivos.

De pronto sentí cómo mi hija se abalanzó sobre mí.

—¡Perdóname, mamá, la egoísta he sido yo! —Lloró un momento mientras la abrazaba con todo el corazón, como cuando la recibí en mis brazos aquella primera vez.

Sentí cómo el amor me corría por la venas, no puedo describirlo con exactitud, pero es algo maravilloso. Mis pies se despegaron del suelo, mi cuerpo era liviano como una pluma, mi pecho se expandía, todo mi ser vibraba. Ahora sé lo que se siente al amar sin ataduras, entregarlo todo, aceptar a alguien realmente como es, con todas sus virtudes y defectos y, aun así, seguir amándola.

Eso es amor de verdad: aceptar, apoyar, comprender a quienes amamos sin pedir nada a cambio.

Qué bien se siente tener una relación fluida con mi Cristina. Ese día nos quedamos hasta muy tarde conversando, poniéndonos al día sobre nuestras vidas, recuperando el tiempo que la distancia y el orgullo nos arrebató.

Néstor está encantado, todo el ambiente cambió, hasta yo me siento con más ánimo y menos cansada. Logré sacarme de encima eso peso enorme llevado por tantos años, una amargura que cada vez inundaba más mi alma y la apagaba poco a poco.

—Mamá —me dijo Cristina—, quiero presentarte a Pierre, mi novio. ¿Te parece si lo invito a cenar? —me preguntó un tanto nerviosa—. Papá preparará algo increíble, él me lo dijo. ¿Qué opinas? —continuó, y sentí su mirada ansiosa por una respuesta.

—Me parece fantástico, hija —le contesté—. Ya era hora de conocerlo, es una gran idea.

—¡Te lo dije! —gritó Néstor desde la cocina mientras preparaba la cena

—Gracias, papá —le contestó Cristina—. Él me alentó a hacerlo —me dijo en voz baja.

—Qué bueno que seguiste su consejo, él es muy bueno en eso —le contesté mientras sostenía su hermoso rostro con mis manos.

Aquel día me quedé un largo rato en la terraza, a solas, contemplando todo a mi alrededor, cómo las flores danzaban con el viento, la lluvia y el sonido que dejaba en los tejados. Experimentando la vida y viviéndola desde otra perspectiva.

Sentí la mano de Néstor en mi hombro, junto a su compañía incondicional, la que me ha brindado sin pedir nada a cambio desde que lo conocí.

Capítulo 4

Cristina se fue a vivir a Francia con su novio. Dijo que aprovechará el tiempo para perfeccionarse profesionalmente. Estudió Gastronomía como su padre y desea convertirse en una gran chef, tal como lo es él.

Nuestra relación mejoró como nunca imaginé, estoy tan feliz por las dos. Por fin logré vencer mi orgullo y a esa rebeldía que me ha perseguido desde que era una adolescente.

Néstor la extraña mucho, su pequeña ya es toda una mujer. Su ausencia se percibe en todas partes, su perfume sigue en el aire de su dormitorio, la casa guarda silencio, solo estamos en compañía de su recuerdo.

¿Qué hacer cuando los hijos se han marchado? ¿Cómo llenar ese espacio que a veces parece un abismo del que no se puede escapar, tanto tiempo en nuestras manos y no sabemos qué hacer con él? Su abundancia es realmente abrumadora, parece que las horas del día se han vuelto más lentas, tal vez el tiempo se ha negado a avanzar.

Néstor entra y sale, como si estuviera buscando algo. En ocasiones lo he sorprendido contemplando el dormitorio de Cristina, imaginando que ella aún sigue ahí. Yo estoy tardes enteras en el jardín leyendo o preparando mi próxima convención, así logro de alguna manera distraer la melancolía.

Mi madre se ha marchado. Su voz aún circula junto el viento, a veces creo escucharla. El jardín me recuerda tanto a ella, parece una extensión de sí misma, hermoso y tranquilo. Sus últimos días solía pasarlos aquí, en la terraza, tomando el sol, escuchando su música favorita y admirando este bello paisaje creado por sus propias manos. Se fue en absoluta paz, rodeada del cariño de quienes más la amaban: su familia.

Néstor decidió viajar a París a visitar a nuestra hija. Recuerdo que no me avisó. Debía suponer que algo andaba mal, nos estábamos distanciando y yo, inmersa en mis asuntos, no me había dado cuenta. «Necesito un tiempo a solas para pensar», me dijo. Yo no entendía, hasta ahora.

La tristeza que deja la partida de un hijo no es fácil de sobrellevar. Después de que nuestro mundo gira en torno a ellos, de pronto se detiene y sentimos que la vida ya no tiene sentido. Claro que no es la misma, en ese momento es cuando nos preguntamos: ¿y ahora qué sigue? Vivimos a través de ellos y nos olvidamos de nuestra propia existencia, terminamos transformando ese amor en dependencia. No recuerdo haber salido con Néstor a divertirnos durante los últimos años, dejamos que nuestro rol de padres anulara por completo nuestra relación.

—Solo serán unos días —me dijo Néstor—. Por favor, no lo tomes a mal. Estoy cansado, necesito un tiempo para mí lejos de todo. No sé si me entiendes —continuó.

—Claro que sí —le contesté—. Es bueno tomarse un tiempo para estar en compañía de uno mismo, desconectarte un par de días nos hará bien a los dos —le dije disimulando mi gran angustia.

Lo noté cansado y un poco triste, se reflejaba en sus ojos. Él siempre fue muy alegre y activo, tal vez sea el momento de consultar a un doctor.

—Prométeme que cuando llegues te harás un chequeo médico —le dije un tanto nerviosa—. Te noto cansado y eso no es normal en ti. ¿Hace cuánto tiempo que no sales a correr?

Solía ser muy deportista, no había mañana en la que no corriera para ejercitar el cuerpo. No me había dado cuenta de que ya no lo hacía. Estoy tan sumergida en el trabajo que todo a mi alrededor despareció.

—Te estás preocupando de más —me contestó.

—Néstor, prométeme que lo harás, por favor. — No pude contenerme más y me lancé a llorar, sabiendo que lo peor ya se aproximaba.

—¿Qué sucede? Me estás asustando —me dijo con voz angustiada.

—No quiero perderte —le dije abrazándolo tan fuerte como la primera vez.

—Eso no va a ocurrir, quédate tranquila, confía en mí —me respondió secando mis lágrimas con sus manos y besando mi frente.

—Pero con la condición de que tú también lo hagas —me dijo riendo—. No pienso pasar ese mal rato yo solo. Los médicos no me gustan, y tú lo sabes.

—¡Claro que lo haré! —le dije ya más serena.

—Ahora ve a terminar tu presentación, tu próxima convención ya está cerca —me dijo—. Yo terminaré de ordenar mis maletas.

—Dile a Cristina que la amo, que pronto iré a verla —le respondí.

—Ella sabe que la amas —me dijo sonriendo—. Eres una buena madre, y lo sabes.

—Gracias —le respondí entre suspiros.

Mis viajes y convenciones de trabajo le restaron mucho tiempo a mi hija. No sé si he sido tan buena madre, la amo con toda mi alma, pero a veces eso no es suficiente.

Largos viajes, felicitaciones y aplausos estrepitosos fueron reemplazando las salidas al parque y las actividades de colegio a las cuales solía ir.

Su padre suplió gran parte de esas carencias. Eso los hizo estar muy unidos, pasaron mucho tiempo juntos solo por el placer de disfrutar la compañía del uno con el otro. Néstor siempre ha privilegiado a su familia por encima de todo, nunca perdió el foco de lo importante, un hombre que tiene sus valores muy claros.

Pero yo fui dejándome llevar por ese prestigio profesional que cada vez me hacía sentir más vacía. Artículos en destacadas revistas especializadas, invitaciones a congresos de importancia mundial y premios por el resultado de mis investigaciones terminaron por hacerme olvidar lo esencial: disfrutar de las cosas sencillas. Me perdí muchas caricias y abrazos de mi hija, me ausenté de aquellos momentos en que se necesita de una madre cerca. Me entristece sentir que me aparté de mi humanidad.

Olvidar lo simple que es la vida y que disfrutar de esa simpleza es lo que nos hace humanos nos conecta con nosotros.

Me he preocupado de buscar la felicidad en lo externo, lo material, lo superfluo. Y he olvidado que es un estado interior que ya existe aquí dentro, donde solo yo puedo estar.

Hoy he hablado con Néstor. Ya se encuentra en París, Cristina lo esperaba desde temprano. La reconoció en cuanto llegó por un cartel que elevó sobre su cabeza que decía: «Te amo, papá».

Estoy muy contenta por la noticia que me dio: Cristina vendrá de visita por un mes. Le dijo que me extraña y que desea pasar más tiempo conmigo. Escuchar eso me emocionó hasta las lágrimas.

Yo parto mañana a una convención en Chicago. Es un viaje largo y en cuanto termine de exponer tomaré el primer vuelo de vuelta para acompañar a Néstor al médico, quiero que revise su corazón. Todo esto me tiene muy nerviosa. Espero ser un apoyo para mi marido, me siento en deuda con él, ha entregado tanto y yo le he dado tan poco. Es hora de devolver la mano, aquella que me ha tendido tantas veces y sin un solo reproche.

La convención fue un éxito: aplausos de pie con ovación incluida; felicitaciones de destacados exponentes de la materia que me hicieron sentir que todo el sacrificio valió la pena. Espero haber dejado mi huella, ya que he tomado la decisión de que esta sería la última. Ya es hora de recuperar lo perdido, esos momentos a solas con mi marido de los cuales disfrutábamos juntos. Ya no recuerdo la última vez que fuimos al cine, o una conversación de aquellas que nos quitaban el sueño. Es una sensación extraña, es como haber estado muerta sin saber que lo estaba. Tan ausente de mi entorno, el mundo vivía mientras yo me encontraba perdida en un laberinto de confusas vivencias, pensando que era lo mejor para todos.

Al llegar al hotel me encontré con un mensaje de mi hija. Decía que llamara cuanto antes. Sentí cómo mi estómago se apretaba, mi corazón inició una carrera de palpitaciones que me impedían pensar con claridad. Algo no andaba bien.

Al contestar el teléfono, Cristina se lanzó a llorar.

—¡Mamá, qué bueno que llamas! —me dijo con la voz consumida por el llanto.

—¿Qué sucede, hija? Por favor, dímelo. ¿Es tu padre? —le pregunté con un nudo en la garganta.

—Sí, mamá, está en el hospital —continuó—. No comprendo, hasta hace unos momentos estaba bien, y ahora… —Lloró un instante al teléfono y luego prosiguió—: Ahora está inconsciente y conectado a un respirador.

—Pero ¿qué pasó? ¿Cómo ocurrió? —le pregunté agitada.

—Sufrió un ataque al corazón. El médico nos explicó que se debió a una insuficiencia cardiaca. Yo no sabía que mi papá tuviera ese problema. Y tú, mamá, ¿lo sabías? —me preguntó desconsolada.

Quedé sin palabras. ¿Cómo explicarle que sabía, pero que no podía hacerlo? Respiré profundo y me animé a contestar.

—Lo sospeché, hija, y antes de que saliera de viaje le hice prometer que iría al médico para hacerse un chequeo —le expliqué—. Tú sabes cómo es, me hizo prometer que lo acompañaría y que yo también me sometería a unos exámenes —continué—. En eso quedamos de acuerdo.

—Mamá, te necesito, no puedo sola con esto —me suplicó.

Apenas lograba entender lo que me decía, el llanto no le permitía hablar con claridad.

—No te preocupes, mi amor, abordaré el primer vuelo a casa. Estoy ordenando todo para partir ahora —le contesté tratando de consolarla—. Quédate tranquila. ¿Quién está contigo? —le pregunté.

—Estoy con mis tías, Inés y Laura —me contestó.

Mis dos grandes amigas. Qué importantes han sido en mi vida. Me han acompañado desde que estábamos en el colegio, es una bendición contar con personas como ellas.

—Y tía Nancy está por llegar —continuó—. No me encuentro sola, no te angusties.

La hermana de Néstor, Nancy, era su mejor amiga. Nunca vi una relación igual, son inseparables. Desde que su madre murió se unieron como nunca, siempre cuidándose el uno al otro.

La tranquilidad de saber que cuentas con otra persona de manera incondicional es algo que no tiene precio. Muchas veces no notamos lo importante que son quienes nos rodean, aquellos que están ahí cuando más los necesitamos, los que ponen el hombro como si el problema fuera propio. Esa es la riqueza más grande del mundo.

Capítulo 5

Me apresuré todo lo que pude. El tránsito estaba horrible, fueron instantes eternos los que viví a bordo de aquel taxi, sin dormir y con un nudo en el estómago. Desde que hablé con Cristina presentía que algo malo iba a pasar.

El taxista me miraba desde el espejo retrovisor advirtiendo mi nerviosismo.

—Hoy el tránsito está peor que nunca, señora —me dijo el chofer—. Parece que todo conspirara para que usted llegue atrasada hacia donde se dirige —continuó—. Lamentablemente no puedo apurar más la marcha, al parecer hay un accidente más adelante —finalizó diciéndome, mientras se encogía de hombros.

Y eso era justo lo que sentía, que todo el mundo conspiraba contra mí, que no habría una segunda oportunidad. Llegó un momento en que simplemente vi mis fuerzas sobrepasadas por la situación, y entonces decidí bajar la guardia y fluir.

No logré comprender hasta ese minuto que la vida consiste en eso, en fluir y dejarse llevar. Pero los seres humanos, en nuestra rebeldía sin fundamento, insistimos en nadar contra la corriente, como si nuestro propósito fuera justamente el de morir ahogados. Hay situaciones que, simplemente, escapan a nosotros, no tenemos injerencia en ello, pero nos empeñamos en pensar, de una u otra forma, qué lo originó y cómo lo resolveremos, cuando en realidad no hay nada que hacer, y da vueltas en nuestra cabeza sin aceptar que está fuera de nuestro alcance.

Al llegar al hospital, mi pobre hija estaba deshecha, abrazada a su tía Nancy, quien la mecía como a un bebé. Su rostro se veía demacrado.

Al verme palideció, corrió y se abalanzó sobre mí como cuando era una niña y yo llegaba de un largo día de trabajo. Algo no andaba bien.

—Mamá, se ha ido. Lo lamento, no pude ayudarlo. —Temblaba por completo, era difícil entenderla, su voz era difusa. Sus lágrimas no solo cubrían su rostro, lo habían lavado por completo. Su pelo desmarañado daba señal de una larga noche sin dormir.

Un intenso frío recorrió mi cuerpo, sentí que mi corazón se detenía. No pude ayudarlo, no pude advertirle, se fue tal como la primera vez, sin despedirse. Sentí que el tiempo se detuvo, miré a mi alrededor y vi cómo todo sucedía lentamente. Estaba paralizada, mi cuerpo no respondía a nada más que al reflejo de la respiración, mis ojos parecían no parpadear.

Mis amigas contenían a Nancy, quien había sufrido un desmayo. Ya no tenía fuerzas para seguir, su amado hermano ya no estaba para cuidarla.

Mi hija repetía continuamente: «¡No pude ayudarlo! ¡No pude ayudarlo!».

A lo lejos, a un costado de una máquina de café, divisé a Pierre, el novio de Cristina. Estaba inmóvil, su rostro cansado demostraba lo que sufría por dentro. Le hice una señal para que se acercara, lo abracé y agradecí su presencia. Cristina se aferró a él, repitiendo otra vez: «no pude ayudarlo».

La luz de mi alma se desvanecía. Yo tampoco pude hacerlo, el tiempo escapó de mis manos como el agua que corre buscando su cauce. Todo sucedió tan rápido, no pude retenerlo. Mi amado esposo ya no está y no sé si podré seguir sin él.

La iglesia estaba repleta. Me senté delante, en el primer asiento, no tenía ganas de compartir con nadie, ya no tenía fuerzas. Al mirar a mi alrededor reconocí a muchos compañeros del colegio y de la Universidad que hacía muchos años que no veía, pues en el último tiempo me desconecté del mundo sumiéndome en el mío, el que cada vez me aprisionaba más, terminando por convertirme en una completa extraña.

Néstor parecía dormir, su semblante sereno me mostró la tranquilidad con que enfrentó a la muerte. Su amor por la vida y por su familia quedará grabado en mi corazón como una gran enseñanza.

—¿Cómo te encuentras? —me dijo una voz al oído. Era Cristina.

Ya un poco más recuperada, su cabello largo enmarcaba su bello rostro desgastado por el llanto. Estaba acompañada de Pierre, quien no la dejó sola ni un momento. Y yo pensé que no era el hombre adecuado para ella, qué equivocada estaba, no puede haber un ser que la merezca más que él.

Mis amigas me acompañaron en todo momento. Desde que las conozco han estado conmigo en las alegrías y en las penas, y a pesar del distanciamiento que tuvimos por mi trabajo en el último tiempo, aquí están, como siempre.

Nancy se sentó a mi lado y puso su cabeza en mi hombro.

—Mi hermano te amaba, siempre me lo decía, eras el amor de su vida —me dijo llorando—. Lo hiciste muy feliz, Ximena —continuó—, no te sientas culpable por nada. La vida es así, siempre nos tiene alguna sorpresa.

—Yo lo amé con toda mi alma —le respondí—, y lamento no haberle dedicado más tiempo. Lo lamento tanto, Nancy, no lo cuidé como se merecía, él siempre estuvo ahí para mí y yo no le respondí de la misma forma. De verdad, lo siento mucho.

Lloré hasta que mis lágrimas se negaron a salir y mi voz se durmió bajo el silencio de aquella iglesia. Era todo tan frío y gris. La nostalgia desde ahora sería mi compañía, la ausencia de Néstor ya se sentía en todas partes.

Cuando las personas están a nuestro lado, a menudo no las valoramos porque sabemos que están ahí, sin pensar que eso no durará para siempre. Y cuando ya no están queda la sensación de que no les dijimos todo lo que sentíamos, y nos cuestionamos en qué momento se nos fue el tiempo.

Vivimos fluctuando entre el pasado y el futuro y no nos preocupamos de vivir nuestro presente que es, en definitiva, lo único que tenemos y lo único que en realidad existe.

Cristina subió al altar y se dirigió a los presentes, les dio las gracias por acompañarnos y despidió a su padre con unas palabras. Ya es toda una mujer y no me di cuenta cuándo sucedió. Todo pasó tan rápido, parece que fue ayer cuando estaba en los brazos de su padre en aquella sala de parto. La admiro mucho, es tan valiente y decidida. Ojalá yo fuera como ella.

Al comenzar su discurso le dio las gracias por haberla traído al mundo: «Ser tu hija es lo mejor que me ha podido pasar en la vida. Gracias por ser mi padre».

No pude contenerme un momento más y salí en silencio de la iglesia para que nadie más lo notara. Recuerdo el frío de aquel lugar y el aroma a flores me recordó el ramo de camelias que me regalaba Néstor cada semana. Me parece escuchar su respiración y sentir su perfume, aquel que le regalé en su último cumpleaños. No podía continuar sin él, le hice la promesa de que siempre estaríamos juntos.

Tomé mi auto y conduje sin tener un rumbo fijo. Mi alma era quien estaba al mando y solo tenía un destino: estar al lado de Néstor, el gran amor de mi vida.

Cristina estará bien, tiene a su lado a un hombre maravilloso que la ama. Ella es una mujer muy fuerte, ya me lo ha demostrado, al parecer mi trabajo no fue tan malo después de todo.

Estaba envuelta por una paz que jamás había sentido, mi cuerpo estaba liviano, como si ya no hubiera fuerza de gravedad que lo sujetara, sentí la quietud del mundo que me rodeaba como nunca antes la había experimentado. No sabía hacia dónde iba y tampoco dónde estaba, mi sentido de la orientación había desaparecido por completo.

El auto me guio en dirección a un barranco ubicado a la salida de la ciudad, donde muchas almas buscaron consuelo antes que yo. El acelerador hizo el resto y en un par de segundos caí desde aquel sitio temido por tantos, y en el cual yo encontré un destino.

Parecía estar volando. La sensación de libertad no se puede describir. Toda mi vida pasó ante mí como una película en cámara rápida: pude ver crecer a mi hija, su infancia, su adolescencia, qué hermosa estaba; Néstor y yo conversando en el jardín, como solíamos hacer siempre que podíamos. Finalmente sentí cómo la luz del sol me iluminó el rostro, cegándome por completo.

Capítulo 6

—Ya es hora —dijo el médico a cargo del caso de Ximena en el hospital.

A un costado de la cama, sobre un velador, un ramo de camelias blancas parecía contemplar todo lo ocurrido. Desde hacía un tiempo se encontraba conectada a un respirador mecánico, en un coma profundo, luchando por su vida. Como todos los días, estaba rodeada del cariño su familia.

Néstor lloraba como un niño, mientras Cristina lo abrazaba para contenerlo.

—Tienes que dejarla ir, papá —le dijo—. Ella merece estar en un lugar mejor.

—No puedo hacerlo, hija —le contestó entre llanto—. Le prometí a tu madre que siempre estaríamos juntos. ¿Cómo quieres que la abandone ahora? —le contestó.

El médico se les acercó para comentarles que el sacerdote ya había llegado y que le daría la extremaunción a Ximena antes de proceder a desconectarla.

—Entiendo su pesar —le dijo el médico a Néstor—, pero ella ya lleva un año en coma y no ha tenido ninguna mejoría, su actividad cerebral no presenta cambios —continuó—. Lo mejor es que la deje partir. Sé lo difícil que es para usted, pero piense en ella, estará mejor si por fin logra descansar, no hay nada que podamos hacer.

Néstor asistió con la cabeza, mientras su rostro se sumía en un llanto que parecía no acabar. Su cuerpo temblaba, y su aspecto delgado y pálido daba a entender el calvario que llevaba dentro.

Afuera, en la sala de espera, se encontraba Nancy, acompañada por Laura e Inés, las dos grandes amigas de Ximena. Sus rostros demacrados por el cansancio eran disfrazados por un café frío que mantenían en sus manos desde hacía horas.

Ximena sufrió un desmayo después de su última gira de conferencias realizada en Europa. Desde entonces no ha vuelto a despertar, está respirando artificialmente, conectada a múltiples aparatos.

Néstor la acompaña a diario y cada semana le lleva un ramo de camelias blancas, las favoritas de su esposa.

—Guardemos un minuto de silencio —dijo el sacerdote antes de proceder a la desconexión—. Oremos.

El silencio inundó el lugar, solo el sonido producido por el respirador se escuchaba de fondo.

Néstor rompió en llanto aferrándose a Ximena, que yacía inmóvil en aquella cama blanca y fría, y, hablándole al oído, le dijo:

—No quiero que te vayas, mi amor, no me dejes —le dijo entre sollozos. Se secó el rostro humedecido por el llanto y continuó—: Pero si eso es lo que deseas —le susurró—, yo respetaré tu decisión.

Se acercaron las enfermeras a desconectar los aparatos, mientras Néstor abrazaba a su hija.

—Te amamos, mamá —se despidió Cristina, besándola en la frente, al mismo tiempo que unas lágrimas rodaban por sus mejillas.

Cuando desconectaron el respirador ocurrió algo inesperado. La actividad cerebral comenzó a aumentar y los signos vitales de Ximena se hicieron más estables. Todo parecía tan extraño.

—¿Doctor? —dijo la enfermera—. Por favor, venga a ver esto.

Y justo cuando el médico se acercó a revisar la situación, Ximena extendió su brazo y apretó la mano de Néstor, quien se estremeció al sentirla. Abrió sus ojos y, con dificultad para respirar, esbozó una sonrisa.

—Néstor, ¡estás aquí! —dijo con gran dificultad—. No te has ido —continuó con sus ojos llorosos.

—Aquí estoy, mi amor, siempre lo he estado —le respondió Néstor llorando—. Eras tú la que se quería marchar. —Le sonrió.

Se abrazaron y besaron en presencia de un gran alboroto, mientras Ximena repetía una y otra vez.

—¡Estás aquí! ¡Estás aquí!

El médico palideció y una enfermera tuvo que ser asistida porque sufrió un desmayo debido a la impresión. Los gritos del personal alertaron a Nancy, quien corrió a ver lo ocurrido, abrazando a su hermano con todas sus fuerzas. Cristina no sabía si reír o llorar, todo era tan confuso. Abrazó a su madre apoyando su rostro sobre el de ella.

El sacerdote cayó de rodillas, llorando sin consuelo, mientras miraba al cielo y daba gracias a Dios por ese milagro. Y de un momento a otro ese cuarto de hospital estaba colmado de gente presenciando lo imposible.

La noticia no tardó en llegar a cada rincón de la ciudad. Un milagro de vida había ocurrido en aquel lugar, el amor incondicional de dos seres que prometieron estar siempre juntos, recorrió cada noticiario del país.

Ximena estaba exhausta, pero feliz. Nunca había recibido tantas visitas en su vida como aquella vez. Sus compañeros de colegio y de Universidad se alegraban de verla

—¿Qué se siente volver a la vida? —le preguntaban en tono de broma.

—Es magnífico, parece que he vuelto a nacer —respondía ella con una gran sonrisa en el rostro.

Los médicos aún no entendían lo sucedido, no había otra explicación que la conexión que había entre marido y mujer.

—El gran amor entre ambos logró despertarla —se decían—. Es un verdadero milagro.

Aquella habitación estaba colmada de personas, flores y regalos que cubrían cada rincón de la habitación. Se dejaba ver un solo un estrecho pasillo donde, con dificultad, se podía transitar.

A la mañana siguiente, al despertar, se encontraban junto a ella su hija y Néstor.

—Hola, mamá. ¿Como amaneciste? —le dijo Cristina dándole un tierno beso en la frente.

—Muy bien, mi amor. Gracias por estar aquí —le respondió con la voz emocionada.

—Siempre lo estuvo —interrumpió Néstor—. No se ha movido de tu lado.

—Y mi papá también —respondió Cristina—. Siempre tuvo la esperanza de que volverías a despertar. Aquí pasó todo el tiempo relatándote una y otra vez las historias que han vivido juntos desde que se conocieron.

—Lo sé —respondió Ximena, esbozándole una sonrisa a su marido—. Recuerdo cuando me dijiste que volviera a donde todo había comenzado —continuó con lágrimas aflorando de sus ojos—. Y así lo hice, mi amor, te estoy tan agradecida. —Lloró un instante abrazada a Néstor, mientras él le acariciaba el cabello como aquella primera vez.

Su hija interrumpió para pedirle disculpas a su madre por todo los malos momentos que pudo haberle ocasionado. Pero Ximena sonrió diciendo:

—No existen malos momentos, mi amor, solo existen momentos, y los vividos junto a ti han sido maravillosos. —Le dio un abrazo al mismo tiempo que le preguntó por Pierre—. ¿Dónde está tu novio? —le dijo con curiosidad.

—Bueno, no quiso incomodarte con su presencia —le contestó nerviosa—. Él sabe que no te agrada y lo acepta sin problema.

—No, hija, por el contrario —respondió un tanto inquieta—. Dile que es bienvenido. Si él te quiere, yo lo quiero a él. Sé que te merece.

—¡Mamá! —exclamó Cristina llorando—. No merezco esto, yo he sido tan injusta contigo, siempre he pensado solo en mí, espero que algún día me perdones.

—No hay nada que perdonar —le contestó Ximena con ternura—. Donde hay amor no existen rencores—. Bueno —continuó mirando a su marido—, yo quiero saber qué sucedió aquí, no se irán hasta contármelo todo —les dijo riendo.

—Y tú nos contarás qué sucedió allá —respondió Néstor devolviendo la risa.

—No me lo van a creer —contestó Ximena—. Se trata de una segunda oportunidad que me ha brindado la vida y yo la he aceptado.

—Para nosotros también tiene el mismo significado —respondió Néstor, quien comenzó a relatar toda la historia desde un comienzo.

—Tu conferencia en Chicago fue todo un éxito, como siempre —le dijo comenzando a contarle—. Pero el éxito a veces tiene un alto precio —continuó—, no viene solo.

—Lo sé, mi amor —le contestó Ximena conmovida.

Después de llegar de su viaje, Ximena se sintió mal, estaba mareada y no podía mantenerse en pie. Un dolor de cabeza intenso se apoderó de ella, y, mientras iba camino al servicio de urgencia, sufrió un desmayo del cual ya no despertó.

Desde ese instante, Néstor no se apartó de su lado, dejó su restaurante en manos de su hija y de Pierre, quienes hicieron un excelente trabajo. Su tiempo fue dedicado por completo a la mujer que había sido su compañera desde que era un adolescente.

Los días pasaron y ella no despertaba, se mantenía en un coma profundo. Él ayudaba a asearla y peinarla todos los días, y cada mañana le relataba una historia nueva desde que se besaron por primera vez. Cada semana le llevaba flores, camelias blancas, sus favoritas, le leía sus libros preferidos y, en ocasiones, terminaba el día con un poema que el mismo había escrito.

—Fueron momentos muy difíciles para todos, mamá —le dijo Cristina— Tú siempre fuiste la más fuerte, todavía nos preguntamos qué pasó.

Cristina diariamente visitaba a Ximena y le pedía perdón por no haber pasado más tiempo juntas, por no ser más amigas, por encerrarse en ella misma sin dejar que su madre entrara en su corazón.

—Culpé tantas veces a mi rebeldía, mamá —le dijo llorando—. Intentaste muchas veces acercarte a mí y yo no te lo permití, no sabes cuánto lo lamento. —Terminó entre sollozos.

Ver a su madre en ese estado la estremeció por dentro. Se dio cuenta de cuán importante es abrirnos a los demás, a quienes realmente nos aman sin ninguna condición. Aprendió que la vida es un estado fugaz, que lo único que tenemos es lo que estamos viviendo en el ahora

—La vida nos da lecciones —continuó Cristina secándose las lágrimas—. Yo aprendí la mía, el orgullo no es un buen amigo —concluyó.

—Pues a mí me sucedió algo que aún me parece increíble —comenzó a relatar Ximena—. Se presentó mi vida ante mis ojos otra vez. Siguiendo la voz de Néstor, que me invitaba a donde todo había comenzado, viví momentos maravillosos. Fui bendecida con la oportunidad de cerrar todos aquellos capítulos que estaban inconclusos: con mi madre; contigo, Cristina; con Néstor; e, incluso, conmigo.

Frente a la atención de su familia, Ximena comenzó a contar todo lo que vivió mientras se encontraba en coma, cómo había enfrentado cada dificultad que la vida le presentó desde una perspectiva totalmente nueva. Ante el asombro de su familia, su voz se notaba inmersa en la emoción de su historia, y unas lágrimas no tardaron en aparecer mientras les relataba la importancia de no olvidar quiénes somos, de ser fiel a nuestros valores y de lo esencial que es dedicarle tiempo a los nuestros.

—Fue una gran lección —continuó—. Me ha hecho replantearme mi vida y qué perdida estaba. Pero, a pesar de ello, recuperé todo ese tiempo, lo viví con ustedes, mis grandes amores. —Abrazó a ambos, besándolos con intensidad—. Los amo, son lo más importante que tengo —les dijo con amor.

—Y a nosotros nos alegra tenerte de vuelta —contestó su marido, besándola otra vez—. Aún sigue en pie nuestra promesa.

—Así es —le respondió Ximena con complicidad en la mirada.

Capítulo 7

Hoy, que he vuelto a la vida, veo el mundo con otros ojos, tengo claridad en lo que siento, sé su importancia y cuál es nuestra misión en ella.

Cada uno de nosotros es llamado a ser feliz y, además, tiene la responsabilidad en sus manos de hacer felices a otros. Reconocer y saber distinguir lo importante de lo urgente es fundamental para darle equilibrio a nuestras vidas. ¿Para qué tanto éxito si no se tiene con quién celebrarlo? El dejarnos envolver por él nos terminará dejando solos.

«Todo en su justa medida», decía mi madre. La sobreexigencia del cuerpo y de la mente termina por corromper todo aquello por lo que hemos luchado. Trabajar tanto, con la finalidad de darle bienestar a nuestra familia, nos dejará en la cima del éxito, pero sin tener tiempo para disfrutar con quienes, supuestamente, han impulsado todo ese sacrificio.

Sentir que perdía al hombre más importante en mi vida desmoronó todo aquello que le daba sentido a mi existir, me hizo ver lo frágil que era, que solo el amor es lo que nos mantiene en pie, sin él no somos nada. Sentir amor por nosotros y amar a quienes nos rodean es fundamental en el paso por esta vida.

No podemos esperar la partida de quien amamos para recordar lo importante que es darnos tiempo para nosotros mismos, para encontrarnos. Un tiempo al aire libre, solo contemplando el atardecer, era algo impensado para mí. Era simplemente una perdida de energía, y qué equivocada estaba. Son esos instantes los que nos conectan con nuestro interior, nos recargan el cuerpo y pacifican la mente para enfrentarnos a un nuevo desafío.

Fue así cómo terminé en un coma profundo, del que los médicos pensaron que no despertaría. Solo me dediqué a consumir energía, no me ocupé de recargarla, hasta que llegó el momento en que ya no tenía reservas.

El cuerpo es una perfección de la naturaleza, tanto es así que no repite ninguna de sus obras, somos seres únicos, ¿Por qué no vivir esa grandeza como corresponde, en vez de correr de un lado a otro sin saber hacia dónde nos dirigimos?

Compartir con quienes amamos, amarnos profundamente, compartir todo eso con el mundo que nos rodea, con las flores, con el agua, con el viento, ¡todos están vivos, igual que nosotros!, y su presencia es realmente sanadora. No dejemos que el día a día nos consuma y nos haga olvidar que somos personas.

No existen problemas que no podamos resolver. Todo lo que aparece en nuestras vidas, sean problemas u oportunidades, es porque estamos preparados para enfrentarlas, de lo contrario no se nos manifestarían porque, si no estuviéramos preparados, simplemente no las veríamos.

La naturaleza nos preparó para la vida, tenemos una intuición que no usamos, ella nos conduce por el camino correcto, nos advierte para no equivocarnos, pero nosotros, acostumbrados a racionalizar todo, la hemos apartado y encerrado en lo más profundo de nuestro ser. Pero aún sigue ahí, esperando que le demos la oportunidad de ayudarnos a guiar nuestra vida.

Es tan simple respirar profundo de vez en cuando, quedarnos quietos solo escuchando el ritmo de nuestro corazón para sentir que estamos vivos y conectados con nuestra fuente, quien nos provee de tranquilidad y de la felicidad que necesitamos.

Pronto nos daremos cuenta de que la vida es muy simple y que somos nosotros quienes nos empeñamos en complicarla. Esperamos tocar fondo para darnos cuenta de que hemos pasado el tiempo preocupándonos de cosas que no tienen ni la más mínima importancia. Que lo que de verdad importa está a nuestro lado, que nos ha acompañado durante nuestra vida, son todas aquellas personas que nos rodean y que han estado con nosotros desinteresadamente; quienes nos brindan su sonrisa solo porque les nace y que su hombro se encuentra dispuesto para apoyar nuestras lágrimas en cualquier momento; aquellos que escuchan sin emitir crítica y que nos brindan unas palabras de aliento si así lo deseamos.

No desperdiciemos los minutos de que está hecho nuestro paso por este mundo, démonos la oportunidad de amar, tan solo eso importa.

Debemos comenzar por amarnos a nosotros con gran intensidad, amar nuestro cuerpo, nuestra voz, y todo lo que hay en nosotros. No nos concentremos en los defectos que como seres humanos poseemos, ni tampoco ocupemos energía en enfocarnos negativamente en los errores que cometemos, ya que de ellos se nutre el aprendizaje, nos preparan el camino para este magnifico viaje, del cual no hay vuelta atrás.

El equipaje debe ser liviano, libre de incomprensiones y de los deseos absurdos de poseerlo todo. Nada es nuestro, no vale la pena sentirse dueño, eso nos lleva a esclavizarnos en lo material, y a olvidar nuestra verdadera esencia, que está tejida de libertad pura.

No nos empeñemos en llevar pesadas cadenas, el camino es largo y con ese peso no podremos disfrutar del paisaje mientras lo recorremos. No es necesario llevar nada más que nuestros buenos deseos.

Brindarle amor a quienes nos acompañan es lo que debe estar en primer lugar, pues debemos sentirnos orgullosos de que nos hayan elegido para compartirlo.

La soledad también estará con nosotros durante parte del trayecto, démosle una cordial bienvenida y la oportunidad de que nos entregue la lección que nos viene a enseñar. No importa si eso incluye llorar, el alma necesita desbordarse de vez en cuando, y el cuerpo desprenderse de la carga que ya no le es necesaria. Todo llega y se queda el tiempo que está destinado a hacerlo, ni más ni menos. Así es la perfección de la vida, solo debemos aceptar.

El corazón nos dirá qué realmente es para siempre y qué no, por eso la importancia de detenernos de vez en cuando durante el viaje para permitir que se exprese. Tiene mucho que decirnos, hagamos una pausa, respiremos y sentémonos a escuchar.

¿Dónde va el alma cuando el cuerpo está ausente? Nunca se me había ocurrido hacerme esa pregunta, y qué profunda es. ¿Viajará al pasado a cerrar ciclos inconclusos? ¿Echará un vistazo al futuro para encaminarnos por la senda que debemos transitar? Qué difícil interrogante.

Yo estuve ahí, en todos aquellos lugares, con todas aquellas personas que han sido importantes en mi vida, y logré reescribirla, sacarme las espinas que llevaba clavadas en mi corazón desde hacía mucho tiempo, liberarme del peso de toda esa tristeza contenida, y de ese remordimiento constante por no haber hecho las cosas de otra manera.

La oportunidad de volver a empezar se nos presenta cada día, al despertarnos cada mañana, y no logramos verla por todo este manto de preocupaciones infundadas de una sociedad que no sabe reconocerse a sí misma.

No somos un cuerpo, yo lo viví. Estamos en él, pero no lo somos. El alma, que es de lo que estamos hechos, es mucho más grande, y no tiene los límites de los cuales carece el cuerpo. ¿Por qué identificarnos con él? Ella siempre ha vivido en su inmensidad, desde el comienzo del todo, el amor la contiene. Su misión es amar y aprender de la vida que ha elegido vivir junto a quienes ha escogido para que le enseñen lo que necesita llevarse.

Yo encontré mi alma gemela, ese fragmento que se desprendió de mí y que he buscado desde entonces. La encontré aquí, en este tiempo y lugar, en aquellos ojos que un día me miraron y me dijeron que me amaban, y que jamás se apartarían de mí.

www.ingramcontent.com/pod-product-compliance
Lightning Source LLC
Chambersburg PA
CBHW020934160726
47993CB00007B/2778